빵선비와 팥쇠
서울빵집들

빵선비와 팥쇠
서울빵집들

나인완 지음

bs
브레인스토어

프롤로그

때는 조선 /730년, 한양에 고집이 세고 제멋대로지만 마음씨만은 착한
한 선비가 살고 있었습니다. 그 선비에게는 형이 한 명 있었는데,
청나라에 사신으로 파견되어 문물을 교류하는 '연행사'로 발탁된
엘리트였습니다. 연행사는 험난한 강과 산을 건너 중국에 도착했다가
조선으로 되돌아오기까지 대략 ㄴ~5개월 정도 걸리는 긴 여정에, 자신을
희생해야 하는, 힘들지만 온전히 조국을 위해 일하는 직책이었죠. 이런 이유로
집안에서는 형을 먼저 생각하고 배려하는 반면 동생은 늘 뒷전이었습니다.

하지만 동생도 그 누구보다 뛰어난 게 하나 있었으니, 그것은 바로 식탐이었습니다.
남들이 하나 먹을 때 두 개, 두 개 먹을 때 세 개를 먹는 습관이
몸에 배어 있었죠. 그는 누구보다도 돼지... 아니 먹성 좋은 선비였습니다.

4
빵선비와 팥쇠 : 서울빵집들

연행사로 청나라에 다녀온 형은 서양 떡, 즉 지금의 빵을 먹어 보고는
잘 먹는 동생이 생각나 하나를 챙겨오게 됩니다.

네 녀석이 생각나서
하나 가져왔다.

서양 떡?

형님! 누가 보면 나는 먹는 것에 눈이 뒤집혀
사족을 못 쓰는 사람인 줄 알겠소!

맞는데...

그리고 조선은 떡이라는
훌륭한 음식이 있는데
굳이 이런 서양 떡을 먹어야 하는
이유가 뭐란 말입니까!

어차피
먹을거
면서...

먹어봐 그냥.

흐음, 먹기는 하겠소만 다음부터
이런 수고스러운 일은 하지 마십시오, 형님.

역시 정말 맛없습니다.

그렇게 빵 맛에 눈을 떠버린 선비는 그 맛을 잊을 수 없었습니다.
더 먹어보고 싶었지만 서양으로는 갈 여력이 되지 않았고 형님에게 다신
사 오지 말라고 큰소리까지 떵떵 친 상태이니 다시 빵을 먹어 볼 기회가
없었습니다. 그렇게 빵에 대한 마음을 접어야 한다고 생각하니
오히려 심하게 빵 생각이 났습니다. 앉으나 서나 누우나 빵 생각뿐이었고
무엇을 하든 집중이 되지 않았죠. 그러다 결국 시름시름 앓아누워버리는
지경에 이르게 됩니다. 매일 눈물로 이불을 적시던 선비.
힘겹게 잠에 든 어느 날 꿈을 꾸게 되는데, 꿈에서 눈을 떠보니
그곳은 사방이 온통 빵으로 된 세상이었습니다.

여기가 어딘진 모르겠지만 온통 빵 냄새로 가득하군!

오잉?

벌떡!

엇, 이쪽이다. 아마 같은 꿈을 꾸고 있나 보구나.

자면서까지 선비님을 봐야 하다니..

으악!

펑!

누구...?

나는 빵 나라의 신, 빵신령. 빵은 네가 먹어 본 서양 떡의 이름이지. 내 너를 가엾게 여겨 빵을 먹을 기회를 주려고 하느니라.

앗! 그럼 저를 빵의 나라 서양으로 보내주시는 것인가요?

선비님 진정하세요

빵선비와 팥쇠 : 서울빵집들

아 그렇게 본격적은 아니고...
그냥 여기 꿈에서라도 빵을 맘껏 먹으라고...

저는 진짜 빵을 먹고 싶단
말입니다!!!!

흐음... 거참 당돌한 녀석이구면,
방법이 있긴 하나 굉장히 위험...

뭐죠!!!??

이것도
맛있긴
하군

저 문으로 들어가면 빵을 마음껏 먹을
수 있는 시대로 가게 되지만,
그 외에 무슨 일이
생길지는 아무도 모른단...

호다닥!

잠깐 내 말 끝까지 들어!!

한번 그 문으로 들어가면
세상에 있는 빵 종류를 다 먹기 전까진
돌아올 수 없다고!

빵선비와 팥쇠 : 서울빵집들

근데 여긴 도대체 어디더냐...

조선 말을 쓰는 것 보니까 미래의 조선 같습니다.

일단 말은 통해서 다행이군...

사람들은 이상한 복장에 이상한 걸 손에 들고 있고, 길에는 이상한 마차가 지나다니는구나...

이건... 일단 꿈속이겠죠?

글쎄, 꿈은 아닌 거 같은데...

그래도 이 정도 미래면 빵은 충분히 먹을 수 있을 거야.

저는 빵에 관심이 하나도 없는데요...

그렇게 대한민국에 도착하게 된 빵선비와 팥쇠.
이 둘은 빵신령이 준 미션을 수행하기 위해 현대 문물과 사회에
적응해가며 빵을 먹는 여정을 시작하게 된다.

빵선비

식빵 얼굴이 된 선비.
빵밖에 모르는...
사실 아는 건 별로 없는...
하지만 빵에 대한 열정만은
그 누구 못지않다.

팥쇠

팥빵 얼굴이 된 돌쇠.
빵에는 관심이 없지만
선비를 보살펴야 되는 마음으로
선비와 빵 여정을 시작하게
된다.

빵집 리뷰에 대한 글은 저자의
개인적인 의견이며
평가할 의도는 없음을 밝힙니다.

CONTENTS

1
크루아상
CROISSANT

★ 본문의 만화는 위에서 아래로 읽어주세요.

선비님은 그때도 몰래몰래
잘 나가셨던 걸로 기억합니다만...

영차!

허허,
조선 시대에는 밤늦게 다니는 것이
금지되었거늘..

연산...

이렇게 많은 사람들이 밖에
나와 있는 광경을 보니
신기하구나.

(두 번 강조) 선비님은
그때도 몰래몰래...

흡

크루아상

크루아상은 프랑스어로 초승달을 의미합니다. 초승달처럼 생긴 빵, 크루아상은 어떻게 생겨났을까요?

1636년 오스만 제국은 오스트리아 빈을 점령할 계획을 세우고 있었습니다. 그때 마침 창고에 밀가루를 가지러 가던 오스트리아 제빵사가 이 소식을 듣게 되었고, 재빨리 오스트리아 군에게 알려 오스만 제국의 침략을 막게 됩니다.

이 제빵사는 전쟁을 막은 공으로 당시 명문가의 상징을 사용할 수 있는 특권을 부여받습니다. 이에 대한 답례로 그는 오스만 국기의 초승달 모양 빵을 만들어 승리를 자축했습니다. 그 빵의 이름은 킵펠(kipfel)입니다.

잠깐! 크루아상은 프랑스빵으로 알고 있는데 왜 오스트리아에서 만든 빵을 알아보냐고요? 루이 16세 시대의 왕비, 마리 앙투아네트는 프랑스로 오기 전 오스트리아에서 나고 자랐습니다. 그녀가 고향의 이 킵펠을 프랑스에 소개해 널리 퍼져 조금씩 프랑스에 맞게 변해 크로아상이 되었다는 이야기가 전해집니다.

또 다른 유래는 오스트리아 포병장교 출신 제빵사가 프랑스로 넘어가 빵집을 차리게 되었는데, 그때 킵펠을 프랑스풍으로 만들어 판매한 빵이 크루아상이라는 이야기입니다.

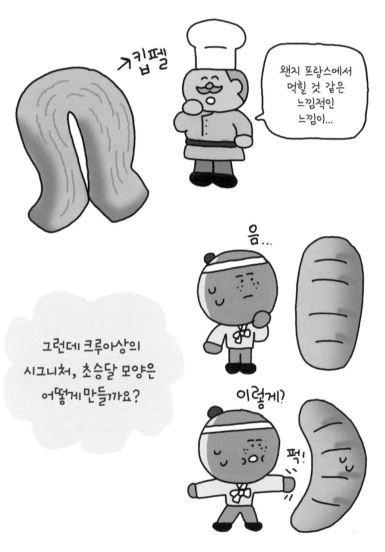

1

여러 겹으로 접은 반죽을 사각형
모양으로 만들어 줍니다.

2

그다음 칼로 삼각형 모양을
만들어주세요.

3

삼각형을 하나떼어낸 후,

4

돌돌돌 말고 발효 후
구워주면 완성!

롤롤롤

프랑스에서 바게트 다음으로 아침 식사로 즐겨먹는 빵, 크루아상! 크루아상 가운데를 잘라서 여러 가지 재료를 넣어 먹기도 하는데요. 생크림과 과일을 넣고 달콤 상큼하게, 또는 햄과 채소를 넣고 든든한 식사로! 크루아상을 구입해 나만의 방법으로 맛있게 먹어보는 건 어떨까요?

크루아상
영의정

빵선비가 뽑은
크루아상
★ ★ ★

아티장 베이커스

👤 서울특별시 용산구 한남대로18길 26
📞 02-749-3426
🕐 매일 08:30-21:00 / 월요일 휴무

천연 발효종을 기반으로 건강한 빵을 만드는 빵집입니다. 빵을 잘 만드는 베이커가 성공하여 모였으면 하는 마음을 담아 Artisan Baker에 복수 s를 붙여 Artisan Bakers라고 이름 지었습니다. 화학적 첨가제나 제빵 개량제를 사용하지 않고, 각 빵의 특성에 맞는 재료를 선택·사용함은 물론, 만드는 방법에서도 보다 더 건강하고 맛있는 빵을 만들기 위해 노력하고 있습니다.

이렇게 곱디고운 크루아상들을 진열해 판매하고 있어요!

아티장 베이커스의
크루아상 중에
세 가지를 먹어 보았습니다.

크루아상

라우겐 크루아상

초코 크루아상

1. 크루아상

기본 크루아상부터 먹어봐야겠죠?

일반적으로 제가 먹어온 크루아상은 입에 넣으면 바스스스 부서지는 식감이
었는데요. 아티장 베이커스의 크루아상은 외관이 조금 단단해 보인다고 할
까요? 바깥 면의 층들이 바삭바삭 + 오독오독하여 마치 얇은 과자를 먹는
것 같은 씹는 재미를 줍니다.

그리고 오독오독한 겉면에 이어 속살은 점점 부드러워집니다. 아아... 부드럽다기보단 쫀득쫀득이 더 맞는 표현 같네요. 기존의 크루아상에서도 얇은 층들이 겹쳐서 쫀득함이 느껴지기도 하지만 이건 차원이 다른 쫀득함입니다. 잘 만든 식빵에서 느낄 수 있는 정도의 쫀득함이에요. 오독오독에서부터 쫀득쫀득까지 이 다채로운 식감...어쩌죠?

크루아상 자체에 자극적인 맛은 하나도 없고, 전체적으로 버터 향이 입안 가득 퍼지면서 씹으면 씹을수록 배어 나오는 단 맛이 심금을 울립니다.

2. 라우겐 크루아상

빵 위에 시크하게 뿌려진 소금의 모습에 마음을 빼앗겨 골라온 라우겐 크루
아상. 다른 크루아상보다 껍질의 색이 진한데 무슨 이유일까요?

빵을 굽기 전에 가성소다(수산화나트륨)가 극소량으로 희석된 물에 담갔다가
꺼내 구우면 진한 갈색이 됩니다. 색이 진하게 나오는 것도 특징이지만 소다
가 빵의 밀가루를 분해하여 일부 단백질을 아미노산으로 만들어줍니다. 아
미노산은 높은 온도를 만나면 당과 결합되어 음식을 한층 더 맛있게 만든답
니다.

이런 반응은 고기를 센 불에 구울 때 고기 표면에서 나타나는 반응과 같은데요, 바로 '마이야르 반응'이라고 합니다. 고기를 구울 때 겉에 살짝 진한 갈색 부분이 생기는 것 아시죠?

이것은 라우겐 크루아상의 껍질 색이 살짝 진한 이유와 같습니다. 그렇다면 '고기는 맛있다 = 라우겐 크루아상은 맛있다'의 공식이 성립되는 것입니다.

역시나 과학은 정확합니다. 보통 크루아상과 비교했을 때 라우겐 부분의 풍미가 한층 더 진한 느낌입니다.

그리고 무심하게 대충 뿌린 것 같은 소금이 빵에 큰 영향을 줄까... 생각했지만 웬일인 걸 소금맛이 화룡점정으로 마무리를 장식합니다. 짭짤하면서 고소한 빵의 정석이랄까요.

3. 초코 크루아상

두둥! 드디어 올 것이 왔습니다. 가게에 들어서자마자 찜 해놓았던 초코 크로아상을 먹어보겠습니다.

이 친구는 모양도 살짝 다르네요. 크루아상이 네모라니, 안에 내용물을 넣어야 해서 그런 걸까요? 일단 빵이 더 커 보여서 저는 환영입니다. 겉을 살펴보면 초코가 살짝 무심히 묻어 있는 게 자신감 넘쳐 보이기까지 하네요. 분명 빵 안쪽에 초코가 들어있을 텐데, 바삭바삭한 크루아상과 대비되는 부드러운 초코 크림이 들어가 있을지 궁금합니다. 궁금증은 여기서 그만 키우고 먹어보도록 하겠습니다.

앗! 제 예상과 전혀 다르게 초코 크림이 아닌 굳힌 초콜릿이 들어있어요. 딱딱하거나 물렁거리지 않고 부드러우면서 씹을 때마다 치아에 쑹덩 쑹덩 잘리는 초콜릿입니다.

파스스 크로아상에서 시작해 내려갈수록 점점 묵직한 초콜릿을 씹는 변화가 재밌으면서 안정적인 식감입니다. 가벼움 안에 묵직함이라... 다시 한번 내면의 중요성을 깨닫습니다.

빵선비가 뽑은
크루아상
★★★

쁠로 13

🧍 서울특별시 강남구 도산대로8길 13
📞 070-8280-0813
🕐 평일 09:00~22:00 / 일요일 휴무

프랑스 밀가루, 프랑스 노르망디 버터, 프랑스 발로나 초콜릿 등 빵을 만드는 재료 대부분을 프랑스 현지에서 가져와 사용하는 빵집입니다. 겉은 바삭하며 안은 굉장히 얇고 투명한 여러 겹의 층으로 유명한 크루아상, 크루아상과 머핀을 합쳐 만든 '크로핀'이 대표 메뉴로 자리매김하고 있습니다. 한 번에 여러 가지 맛을 즐길 수 있게 미니 크루아상도 판매하고 있습니다.

기본 크루아상과 여러 가지 맛있어 보이는 빵도 많지만

이쪽의 알록달록하게 코팅된 크루아상과
한번 보면 그냥 지나칠 수 없는 크로핀이 시선을 끕니다.

밀크초코 미니 크루아상, 기본 크루아상, 말차 크로핀을 선택!

크루아상의 사이즈에 놀라고 맛에 놀랍니다.

크기는 무진장하게 크지만 막상 속을 보면 빈 공간이 많아 부담 없이 혼자 다 먹을 수 있습니다.

내부의 페이스트리 층이 정말 종이같이 얇습니다. 한 입 베어무니 여러 층이 한 번에 씹히는데요, 이 느낌에 기분이 좋아집니다. 그리고 층 한 장 한 장에 진하면서도 과하지 않은, 묘한 강도의 버터 향이 담겨, 먹는 걸 멈출 수 없게 합니다.

또 다른 대표 메뉴 크로핀은 어떨까
요? 한눈에 봐도 진하고 꾸덕꾸덕
해 보이는 말차 크림은 보기만 해
도 100점 만점에 80점은 먹고 들어
가는 맛이 예상됩니다.

위쪽 부푼 부분은 설탕으로 코팅되
어 있어 단맛과 식감을 한층 더 업
그레이드 시켜줍니다.

파스스스 부서지는 얇은 층들의 가
벼움과 가운데 꽉 차있는 묵직한 크림의 대비가 먹는 사람을 황홀하게 만들
어 버리네요.

그리고 마무리는 밀크초코 미니 크루아상.

시리얼을 잘게 부셔 뭉친 느낌의 초코 크런치가 초코 코팅 위에 듬뿍 올라가 매력을 뽐내고 있네요.

한 번에 다양한 맛의 크루아상을 맛보고 싶거나, 깔끔하게 한입에 넣고 싶다면 여러 가지 미니 크루아상을 먹는 것도 추천드립니다.

2

도넛

DOUGHNUT

버스는 말과 느낌이 많이 다르군.

왜 그러세요. 나리?

곧 익숙해지실 것입니다요.

(이미 적응)

부럽...

머리가 조금 어지럽구나.

멀미인가요?

워워

허업..욱!

이런, 생각보다 심하시네요.

...

...

(인기 만점)

허허, 빵만 보면
신이 나서 나도 모르게...

수줍

주변 분들께
실례예요.

음... 선비님, 뭘 잘 모르시는군요.

(내심 부러웠음)

이 분은 누구...

꺅! 저도 그 도넛 좋아해요!

저도요!

허허, 나도 마찬가지요.

무슨 소리! 이 정도면
훌륭한 조합인데!

맞아

맞아

저기 아무것도 안 바른 것 같은 도넛이 보이나요?

저거? 그냥 아무 맛도 안 나는 거 아냐?

설탕 코팅을 한 도넛이죠. 한번 드셔보세요.

의심

의심

쯧쯧, 뭘 모르시는군요.

쯧쯧이라니...

오이이이잉!

저건 글레이즈드 도넛이라는 거예요!!!!

그..그게 뭐지?

뭐지? 이 단순하지만 강력한 맛은!

원래 단순한 맛에 끌리는 거예요.

도넛

달콤함과 함께 가지각색 토핑들을 만날 수 있는 빵, 도넛! 달달한 거라면 사족을 못 쓰는 저 빵선비도 굉장히 좋아하는 빵인데요. 도넛에 대해 알아볼까요?

도넛의 가장 유명한 기원은 튀긴 반죽 위에 호두를 올린 네덜란드의 올리코엑(Olykoek)이라는 기름진 빵입니다. 도우(Dough) 위에 견과류(Nut)를 올려서 Doughnut이 되었다고 하네요. 하지만 이때는 우리가 생각하는 도넛 모양은 아니었지요.

(올리 코엑)

그럼 가운데에 구멍이 뚫린 도넛의 현재 모양은 어떻게 생겨났을까요?
1847년 네덜란드계 미국인 한센 그레고리
(Hanson Gregory) 선장이 생각해냈다고
하는 설이 가장 유명합니다.

파파! 아버지!

한센 그레고리(Hanson Gregory)

항해 시 어머니가 만들어주신
올리 코엑을 배의 키에 꽂아 중간에
먹을 수 있게 했다는 설이 있고,

빵의 가운데 부분은 잘 익지
않았기 때문에 필요 없다고 생각해
잘라낸 것이라는 설이 있습니다.

도넛의 종류는 크게

빵 효모를 넣은 **이스트 도넛**

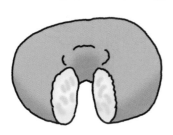

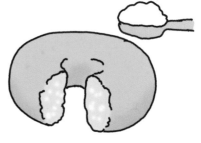

베이킹파우더를 넣은
케이크 도넛으로 나뉩니다.

이스트 도넛은 식감이 빵처럼 부드럽고, 케이크 도넛은 케이크처럼 파스스 부서지는 도넛입니다.

우리나라에서는 이스트 도넛 종류가 보편적이지만 외국에서는 케이크 도넛만 전문적으로 판매하는 가게도 있답니다.

한국식 도넛 다들 좋아하시죠? 골목 시장 빵집에서 꽈배기 도넛과, 찹쌀 도넛을 쉽게 볼 수 있습니다. 시장표 도넛이라고도 불리는데 맛은 말할 것도 없고 가격도 저렴해 항상 인기 만점입니다.

꽈배기 도넛

찹쌀 도넛

도넛만큼 종류가 다양한 빵은 없을 거예요. 다양한 토핑과 내용물로 조합할
수 있기 때문이겠죠?
도넛의 고장 미국에는 정말 다양한 도넛 종류가
있는데요. 그중에서도 조금 특이한 도넛
몇 개를 소개합니다.

텍사스
혼자는 못 먹는 대형 도넛

캘리포니아
치즈 범벅
도넛

오하이오
메이플 시럽 베이컨 도넛

오클라호마 시티
손가락 모양 도넛

도넛 도령

청주 명문 도너츠

- 🙎 서울특별시 광진구 자양로 203
- 📞 02-453-8001
- 🕐 매일 09:00~22:00 / 일요일 휴무

노릇노릇 맛있는 색감을 뽐내며 진열되어 있는 도넛을 보면 그냥 지나치기 힘든 도넛 전문점입니다. 꽈배기 도넛, 찹쌀 도넛, 생 도넛, 팥 도넛 등 꽤 다양한 종류의 도넛을 판매합니다. 그리고 도넛 빵으로 만든 핫도그도 이 집의 명물입니다. 테이크 아웃 전문점입니다.

정갈하고 아름다운 풍경

뭐 뭐 사야 되지?
너무 많네...

3개씩
다 사요.

12,000원입니다.

싸... 싸다!

한입에 꽉차는 사이즈에 부드러운 꽈배기 도넛

쫀쫀한 빵에 달콤한
팥앙금이
들어있는 팥 도넛

과하다싶을 정도로
쫀득쫀득한 찹쌀 도넛

히히
골라 골라

나처럼 동글동글 귀여워!

달콤하면서 깔끔한 앙금이 들어가 있는 케이크 도넛까지.

도넛 내부 사진을 보면 알 수 있듯이 맛이 전혀 자극적이지 않고 빵에서 느껴지는 맛 자체가 좋습니다. 기름기도 하나도 없고요. 폭신폭신 고소하면서 씹을수록 나오는 적절한 단맛까지! 도넛 말고 빵으로만 봤을 때도 굉장히 맛있는 빵이에요.

그리고 마지막으로 이 집의 또 다른 명물, 도넛 빵으로 만든 핫도그는 사자마자 바로 드셔야 합니다(케첩을 즉석에서 뿌려줍니다).

전 바로
두개 흡입!

돼지...

올드페리도넛

👤 서울특별시 용산구 한남대로27길 66
📞 02-6015-2022
🕐 매일 10:00~22:00 / 화요일 휴무

미니 도넛이 토핑으로 올라간 튜브 라테와 큼지막하고 먹음직스러운 수제 도넛을 판매하는, 눈과 입이 즐거운 도넛 전문점입니다. 도넛의 모양을 유지하기 위한 화학 재료가 전혀 들어가지 않고 매일 새벽 5시부터 같은 건물 1층의 주방에서 만들어집니다. 당일 제조와 당일 판매로 매일매일 신선한 도넛을 만듭니다. 주말엔 대부분 만석이라 매장에서 드시고 싶으신 분들은 여유로운 시간대 방문을 추천드립니다.

인기 있는 도넛들은 진작에 품절! 미니 도넛으로도 구입 가능합니다.

귀여움에 마음을 뺏기는 비주얼의 튜브 라테와 말차, 코코넛 도넛

(품절된 라즈베리 도넛을 튜브 라테에서 먹어 볼 수 있어 다행이었습니다.)

마치 뚜껑인 양 딱 맞는 사이즈의 도넛을 올린 튜브 라테의 귀여움에 놀라고, 말차, 코코넛 도넛의 심상치 않은 크기와 도넛을 감싸며 듬뿍 코딩되어 있는 토핑에 두 번 놀라게 됩니다.

먹어보기 전엔 '미니 도넛을 라테에 말아 먹는 것인가...' 라고 생각했지만, 도넛을 먼저 건져 먹은 다음 라테를 마시면 됩니다.

새콤하면서 달콤한 라즈베리 크림이 코딩된 도넛으로 입맛을 돋운 후, 거품도 부드럽지만 맛도 부드러운 라테를 마시면 나도 모르게 '음~!' 감탄사가 나옵니다.

음료도 마시고 싶고 도넛도 먹고 싶은데 살짝 배부르다면 튜브 라테로 고민 해결!

도넛은 크기가 매우 크고 아이싱이 아주 넉넉히 코팅되어 있습니다. 칼로리가 걱정되는 비주얼이지만 먹을 것 앞에서 칼로리 걱정은 하는 게 아니라는 옛 선인들의 말씀을 겸허히 되새기며 도넛을 조심스럽게 반으로 잘라봅니다.

그랬더니 도넛 속까지 꽉 차있던 크림이 나와 버려서 애초에 칼로리를 신경 썼던 제 자신이 부끄러워졌습니다. 도넛 빵은 폭신과 쫀득 사이에서 밀당하고 있고, 그 사이에 넉넉히 들어간 말차와 코코넛 크림은 혹여나 아이싱 코팅만으로 모자를 수도 있는 달콤함을 채워주기 위해 남몰래 숨어 있었던 것입니다. 이 도넛은 프랜차이즈 도넛, 딱 그만큼의 맛을 뛰어넘는 무지막지한 도넛입니다.

3

스콘

SCONE

여러 나라의 외국인들도 많아요!

뿌듯하고 자랑스러운 일이야...

이렇게 경복궁에 다시 오니 신기하구나!

달라진 부분도 있지만 그때랑 비슷해요!

익스큐즈미, 테이크 어 픽처 프리즈!

아직까지 궁이 이렇게 잘 보존되어 있다니 눈물이 앞을 가리는군...

사진을 찍어달라고 하는 것 같아요.

뭐라는 거지?

아하, 한국에서 오래 사셨다고요?

네에, 10년 정도 살았어요. 아직 한국말이 서툴긴 해요.

이 주변에 영국의 스콘 빵을 잘 만드는 집이 있는데 아시나요?

뭐라고요?

어느 나라에서 오셨나요?

저는 영국에서 왔습니다. 그런데 빵을 좋아하시나 봐요.

우아! 선비님 대단해요. 영어로 그렇게 긴 대화를 하시다니!!

얼굴이 빵같이 생기셨네요.

하하! 그런 소리 많이 듣습니다.

응?

영어?

빵선비와 팥쇠 : 서울빵집들

아... 뭐... 너도 나처럼 공부하면 이 정도는 기본이란다. 허허

와! 사람이 달라보여.

여기는 어딘가요?

아까 그분이 추천해 주신 스콘이 맛있는 집이라는구나.

아! 저기 혹시 길을 모르시면 제가 알려드...

아아하하하하!! 댕꼬 댕꼬 바이바이~

한국말 잘 하시는구나...

스콘? 처음 들어보는 이음인데요?

후후, 그렇다면 좋은 기회군. 따라오너라.

내가 시킬 테니 먼저 자리를 잡아 놓거라.

넵! 알겠습니다요!

딸기잼이나 크림을 발라먹거나
둘 다 먹기도 하지.

새콤달콤하면서도
부드러운 맛이 더해지니
완전 제 취향입니다!

다 먹고
말해!

자! 발라서 먹어봐.

진작에...

자! 거기다 홍차를 먹어봐!
지금이야!

호로록

음!

으

살짝 느끼한 맛을 차가 싹 잡아주며
입안이 정리되었어요.

깔끔

스콘

영국의 대표적인 빵 중에 하나이고 영국 사람들이 즐겨 먹는 스콘. '스코운'이라고 발음하기도 하죠? 비스킷의 한 종류로 딱딱하고 바삭바삭한 껍질 식감을 가지고 있는 것이 특징입니다. 건포도, 치즈, 견과, 초콜릿 칩, 블루베리 등등 다양한 재료가 들어간 스콘도 있답니다.

스콘은 영국 문화와도 밀접한 관련이 있는 빵인데요, '영국'하면 생각나는 것이 스콘, 그리고 애프터눈 티입니다. 애프터눈 티는 오후 3시~6시까지 스콘이나, 케이크를 곁들인 홍차를 마시면서 편하게 이야기를 나누는 시간을 말합니다.

그런 애프터눈 티의 기원은 영국 빅토리아 시대까지 거슬러 올라갑니다.
그 당시 영국에서는 하루 두 끼의 식사가 보편적이었습니다. 간단히 첫 끼를 먹은 후 저녁은 푸짐하게 먹었는데, 첫 끼와 저녁 사이의 시간이 길었습니다.

두 식사 사이의 시간이 매우 길다 보니 당연히 배가 고팠습니다. 베드포드의 공작 부인 '애나 러셀'은 이런 배고픈 시간에 빵과 차를 혼자서 조금씩 먹다가 다양한 디저트를 추가하게 되고 친구들을 집으로 초대해 간단하게 갖던 티타임이 점점 모임으로 발전되어갑니다. 그리고 이런 사교 형태의 티타임이 유행이 되어 번져서 하나의 문화로 자리 잡아 애프터눈 티가 되었습니다.

물론 애프터눈 티를 할 정도로 여유가 있는 상류층에서부터 퍼져 일반 시민들이 즐기게 되기까지는 오랜 시간이 걸렸습니다.

그리고 다양한 메뉴로 호화롭게 즐기는 것 말고도 부담이 없게 간소화시킨 애프터눈 티의 종류들도 발전했습니다.

애프터눈 티는 요즘엔 관광객들을 대상으로 하거나 특별한 날에 하는 이벤트성 행사로 열리기도 하고, 실생활에서는 간소화하여 갖고 있습니다.

그중에 하나가 '크림티'인데요. 크림티는 스콘에 클로티드 크림(보통 크림보다 지방함량이 많은 진한 크림)과 잼을 발라먹고 차를 곁들여 마시는 것입니다. '스콘 + 홍차'인 셈이지요.

영국 사람들이 이 크림티에 관해 이야기할 때 꼭 빠지지 않는 요소가 있습니다. 마치 우리나라 사람들이 탕수육을 먹을 때 찍먹과 부먹을 따지는 것처럼 스콘의 위에 올라가는 크림과 잼의 순서를 중요하게 논하는 것입니다.

영국의 두 지역에서 나온 방식으로 나눠지는데요.

데번식 (Devonian)
크림 먼저

콘월식 (Cornish)
잼 먼저

사실 입안에 들어가면 맛은 비슷하겠지만, 데번과 콘월 지방에서는 이 문제를 가지고 재료 특허를 내서 경쟁하기도 하고 어떤 방식이 더 맛있나 논문이 발표되기도 하는 진지한 상황도 벌어집니다.

하지만 원래 취지는 대화거리나 재미를 위함이에요(물론 정말 맛의 차이도 조금 있긴 하겠지만). 하나의 재밌는 문화로 알아두시면 좋을 것 같습니다.

스콘 할머니

부암동 스코프

⚲ 서울특별시 종로구 창의문로 149
☎ 070-8801-1739
🕐 매일 11:00~20:00 / 월요일, 화요일 휴무(공휴일일 경우 오픈)

주말에 방문했더니 빵을 포장해가려는 차들로 가게앞은 인산인해.

영국인 '조너선 타운젠'씨가 2014년에 문을 연 영국식 빵집입니다. 영국의 티타임하면 생각나는 예쁘고 아기자기하고 고풍스러운 느낌이 아니라 큼지막하고 투박하며 진한 빵 냄새 풀풀 풍기는 빵들이 진열되어 있는, 빵덕후들에게 매력적인 곳입니다. 스콘은 따끈따끈할 때 바로 먹어야 제맛! 주말엔 자리가 만석이므로 여유로운 시간대에 방문하는 것을 추천드립니다.

바삭바삭하고 큼지막한 스콘들의 위엄

저는 파마산 스콘(위)과 버터 스콘(아래)을 골랐습니다. 우아하게 앉아서 커피와 따끈따끈한 스콘을 즐기고 싶었지만 자리가 만석…이네요.

근처 정자에서 여유롭게 먹도록 합니다.

햇살이 비치니 더 먹음직스러운 버터 스콘

기분 좋은 버터 향과 적당한 단맛이 느껴져요.

음... 스멜

킁킁

스콘이 퍽퍽하고 씹을수록 입안에서 꾸덕꾸덕해지는 느낌이 싫어서 멀리 하시는 분들이 계신데요. 그런 분들에게 입문용으로 딱인 스콘입니다.

겉면이 보통의 스콘보다 굉장히 바삭바삭합니다. 마치 크런치한 붕어빵 꼬리 부분을 먹는 느낌이랄까요?

스콘의 안쪽도 신기한데요. 일반 스콘은 속이 비스킷 같은 느낌이 든다면 여기는 마치 크루아상처럼 결이 느껴집니다. 전혀 퍽퍽하지 않아요.

입안에서 꾸덕꾸덕해지는 스콘 특유의 느낌이 없는 건 아닙니다. 하지만 부담 없이 아주 살짝, 마지막에 씹을 때 느껴지는 정도입니다. 식감이 대박인 스콘이에요. 꼭 구매 후 바로 드시는 걸 추천합니다.

짭짤 고소한 파마산 치즈 맛이
물씬 풍겨오는 파마산 스콘

헤르만의 정원

🧍 서울특별시 종로구 필운대로 62
📞 02-737-9220
🕐 화-금 12:00 - 19:00 / 토-일 12:00 - 20:00 / 월요일 휴무

영국의 크림티를 여유로운 분위기 속에서 경험하고 싶다면? 바로 이곳 헤르만의 정원을 추천합니다. 사실 빵집이라기보다는 홍차의 비중이 큰 홍차 전문점입니다. 약 8가지의 다양한 홍차, 그밖에 여러 가지 차를 맛볼 수 있습니다. 판매하는 빵은 스콘 하나지만 클로티드 크림과 딸기 잼이 제공되어 홍차와 밀크티와 함께 영국식 티타임을 제대로 즐기실 수 있다는 점! 주말보다는 자리 부담이 없는 평일에 가셔서 여유롭게 즐기시는 걸 추천드립니다.

홍차 전문점이어서 스콘은 평범할 줄 알았지만 식감과 맛 모두 훌륭해서 놀랐습니다. 헤르만의 정원 메뉴 중에 '클래식 밀크티 세트'를 추천드립니다. 홍차 밀크티 + 스트레이트 티 + 스콘이 함께 나오는 메뉴인데, 밀크티와 스트레이트 티 종류는 그 안에서 원하는 티로 선택이 가능합니다.

짠! 이렇게 예쁜 티포트, 컵, 그릇, 스콘이 한상 가득 나옵니다.

저는 차에 대해서는 잘 모르지만 이렇게 본격적인 차림이 등장하니 이왕 이렇게 된 거 빅토리아 시대 귀족이 된 것 같은 느낌으로 즐깁니다. 조심스럽게 차를 따르고 우유를 넣어 설탕을 티스푼으로 휘휘 저어 섞고 호로록 먹는 행동이 이상하게 재밌어 반복하게 됩니다.

취향에 맞게 차와 우유, 설탕의 비율을 조절하면서 먹는 밀크티도 맛있습니다. 밀크티가 살짝 느끼하다 싶을 땐 스트레이트 티를 마셔줍니다.

두 가지 티를 돌아가면서 여유롭게 마시니 시간이 천천히 흘러가는 것 같은 평온함이 느껴지는 것은 착각일까요?

야무지게 클로티드 크림과
딸기 잼을 올려서...

클로티드 크림은 우유의 맛이 나지만 같이 먹으면 딸기 잼 맛이 강해 꾸덕꾸
덕한 그 식감이 가장 강하게 느껴집니다. 하지만 그 식감은 존재만으로도 딸
기잼을 도와 한층 더 풍부해진 맛을 조화롭게 표현합니다.

맛도 맛이지만 스콘 내부의 식감이 퍽퍽하지 않고, 알갱이 하나하나가 느껴
지면서 씹히기 때문에 스콘 자체가 주는 만족감도 큽니다. 영국 사람들이 스
콘에 클로티드 크림과 잼의 조화를 왜 좋아하는지 먹어보면 단숨에 알 수 있
습니다.

4

식빵

LOAF BREAD

선비님은 분명
제가 걱정되실 테니까요.

글썽 글썽

꼭 여기를 가야 하는 것이냐...

원치 않으시면
저 혼자 가도 됩니다.

그래, 혼자서 재밌게 놀다 와!

쌩

하지만 저 혼자 두지 않으실
걸 잘 압니다.

이 험한
세상

앗, 잠깐! 지갑이 나한테 없...

주섬
주섬

빵선비와 팥쇠 : 서울빵집들

빵선비와 팥쇠 : 서울빵집들

역시나 길을 잃어버리신 건가!!

선비님
계속 찾았잖아요. 어디 계셨어요?

이랴
이랴

그냥 뭐... 여기 앉아서
어떻게 하면 말과 잘 교감할 수 있는지
고민하고 있었단다.

히힝

아까부터 자꾸 목덜미에 소름이!
이상하다...

역시! 대단하시군요, 선비님!
여기까지 와서 그런 진지한 고민을!
근데 왜 갑자기 말...

그저 빛!

아 참! 점심은 특식으로 준비했습니다.

워?

주섬 주섬

역시나 식빵엔 잼이 빠질 수 없죠! 버러 딸기잼 토스트!

그건 바로 오늘 아침에 제가 직접 만든 샌드위치 세트!

그리고...

그리고?

햄 치즈 샌드위치는 건강하게 호밀 식빵에!

마지막을 장식할 칼로리 폭탄 땅콩버러 바나나 토스트!

더 드릴까요?

식빵

1900년 초 미국인들은 빵을 좋아하고 그만큼 많이 먹었습니다. 그때는 빵을 미리 썰어 놓으면 신선도가 떨어지고 딱딱해져 먹기 불편해지기 때문에 빵은 당연히 먹기 바로 직전에 잘라야 한다고 생각했었죠.

미국의 아이오와주의 발명가 겸 보석상인 오토 로웨더(Otto Rohwedder)는 포장만 잘하면 미리 썰어둔 식빵도 신선하게 오래 보관해 둘 수 있다는 것을 발견하고는 식빵 절단기를 발명하기로 마음먹습니다.

특허 취득, 발명과 대량화 작업이 생각보다 오래 걸려 몇 년이 지난 후에야 식빵 절단기를 완성하였습니다. 그리고 이제 모든 미국인들이 미리 잘라 놓은 식빵을 편하게 먹을 거라고 생각했지만…

(오토 로웨더가 개발한 식빵 절단기)

약 15년이 지났지만 안타깝게도 사람들은 잘린 식빵이라는 제품이 있는지 몰랐습니다. 그런데 1930년 '원더브레드'라는 제빵 브랜드가 잘린 식빵을 널리 알리면서 대박이 나기 시작합니다.

엄청난 인기를 얻으면서 "잘라진 식빵 이후의 것 중 최고!(the greatest thing since sliced bread!)" 라는 말도 생겨납니다. 잘린 식빵이 당시에 그만큼 획기적인 발명이었다는 뜻이죠.

식빵은 껍데기가 얇고 속살이 많은 게 특징입니다. 그래서 다른 음식이나 재료와 곁들어 먹기가 좋고 밥처럼 가장 기본이 되는 빵이라고도 할 수 있습니다.

그런데 꼭 식빵을 먹을 때 테두리가 좀 딱딱해서 떼고 먹는 분들이 계시죠?

옛날에는 그 딱딱함이 더 심했다고 합니다. 빵을 포장한다는 개념이 없던 시절, 당연히 빵이 상온에 오래 노출되면 전체적으로 딱딱해져서 먹지 못하게 되었는데요. 하지만 빵 껍질을 두껍고 딱딱하게 만들면 오래 두었을 때 안까지 딱딱해지는 현상을 조금 늦춰주었다고 합니다.

그래서 지금보다 껍질이 더 두꺼운 경향이 있었다고 하네요.

(과장입니다)

결국은 빵에 유지(버터나 계란)를 넣으면 껍질이 얇아도 부드러움이 오래 유지된다는 것이 연구되어 지금처럼 얇은 껍질의 식빵이 만들어지게 되었습니다.

예전에는 식빵을 잼과 함께 먹거나 샌드위치로 먹는 등 다른 재료와 합쳐서 같이 먹는 게 일반적이었다면, 요즘에는 식빵 자체만 먹어도 맛있게 먹을 수 있는 빵집도 늘고 있는 추세입니다.

페이스트리 식빵

초코 식빵

녹차 식빵

난 초코 식빵이 당기는구나...

단 거라면...

(식)빵선비

김진환 제과점

🧍 서울특별시 마포구 와우산로32길 41
📞 02-325-0378
🕐 매일 08:00~16:30 / 일요일, 공휴일 휴무

우유 식빵으로 유명한 김진환 제과점입니다. 1996년부터 지금까지 서울 신촌에서 영업 중인 꽤장히 오래된 빵집입니다. 아침 8시에 열어서 4시 반까지 영업을 합니다. 빵이 다 팔리면 더 일찍 닫을 수 있으니 부지런한 빵쟁이는 아침에 가는 걸 추천드립니다.

우유 식빵, 밤 식빵, 곰보빵(소보로빵) 등 판매하는 빵의 개수는 적습니다만 그만큼 무리하지 않고 몇 가지 빵에 집중해서 만드는 제과점입니다. 실내는 익숙한 빵집이라기보다는 오로지 빵을 만드는 좋은 느낌의 빵 공장 같습니다.

들어가자마자 듬직한 식빵 덩이들이 마중 나와 있네요.

보기만 해도 기분이 좋아집니다. 식빵은 커팅 하거나 그냥 사거나 둘 중 고르시면 되는데, 커팅 하지 말고 사서 통째로 꼬집꼬집, 쫀득쫀득 뜯어 먹는 것을 추천합니다.

저는 당연히 우유 식빵을 자르지 않은 채로 사서 근처에 바로 먹을 수 있는 곳을 찾아야 했는데요. 하필 이날 비가 와서 식빵에 비가 들어갈까 헐레벌떡 가져왔더니 살짝 눌렸습니다...

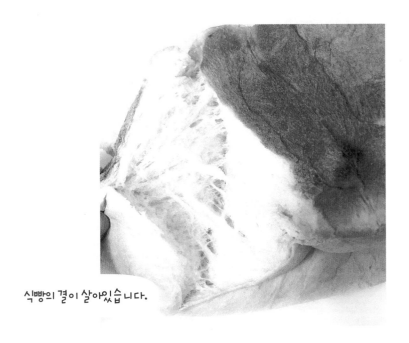

식빵의 결이 살아있습니다.

한눈에 봐도 빵 껍질까지 부드러운 게 느껴집니다. 잡아서 찢는 순간 '아 부드럽다'라는 느낌과 동시에 쫄깃한 탄성이!! 역시나 입에 넣으면, 한없이 가벼운 솜사탕 같다가 씹는 순간 부드러움이 쫄깃함으로 바뀌는 마법이 느껴지네요. 그리고 씹을수록 빵의 맛이 한층 더 진하게 올라옵니다. 이 식빵은 엄청나게 특별한 맛은 아닙니다만 '아, 이게 제대로 된 식빵이구나...'라는 생각이 드네요.

화려하게 치장하여 이목을 끄는 사람도 있지만 청바지에 흰 티 하나만으로도 시선을 끄는 사람이 있는데 바로 이 식빵의 느낌이 그러합니다. 정말 그저 빵... 다른 아무것도 필요 없는 기분 좋은 빵의 맛이 나요.

가장 놀랐던 점은 남겨놨다가 다음 날 먹어봤는데, 빵만 좀 차가워졌을 뿐이지 쫄깃쫄깃 똑같은 맛이 났습니다. 데워 먹으면 언제든 처음과 같이 맛있어지는 빵. 18년 동안 한결같이 운영되어온 제과점과 닮은 빵입니다.

밀도(위례점)

⚲ 서울특별시 송파구 위례광장로 230
☎ 02-2043-5050
🕐 매일 11:00~19:00 / 월요일, 목요일 휴무

2015년 문을 연 식빵 전문점입니다. 서울숲 옆 조그만 빵집에 사람들이 식빵을 사려고 길게 줄을 선 모습으로 유명했던 빵집입니다. 현재는 수도권 일대에 총 11개의 매장을 가지고 있습니다. 당시에 생소했던 식빵 전문점이라는 것을 처음 알린 빵집이 아닐까 싶습니다. '밀도'는 빵의 재료이며 식사라는 뜻의 '밀(meal)', 온도와 습도의 '도'가 만난 이름이라고 합니다. 각별히 선별한 여러 좋은 재료로 만든 빵으로 유명합니다. 제빵실 위주의 테이크 아웃 전문점입니다.

리치 식빵, 밀도의
시그니처 식빵 중 하나.

생크림이 듬뿍 들어가 유지방 특유의 고소하고 부드러운 맛이 일품입니다.
처음에 빵을 뜯어보았을 때 제 눈앞에 펼쳐진 건, 휴양지 햇빛에 반사되어 반
짝 반짝 빛나는 바다였습니다. 그 바다에 빠지고 싶다고 생각하는 순간 정
신을 차려보니 식빵을 한 움큼 먹고 있었지요. 우걱우걱.

빵의 속살이 빛에 반사되어 반짝반짝합니다. 생크림이 많이 들어가서 그런 걸까요. 윤기가 좌르르 흐르는데 막상 집어보면 전혀 기름지지 않아 신기합니다.

빵 껍질은 조금 단단한 편인데 속은 굉장히 부드럽습니다. 그리고 제 생각에 이 빵의 큰 매력은 '촉촉함'이 아닐까 싶네요. 빵이 수분을 머금은 듯 촉촉합니다. 그렇다고 물에 젖은 빵 같다는 것은 아니에요. 빵을 먹고 있는데 과일이나 채소를 먹는 듯한 신선함이 느껴진다고 할까요?

생크림이 들어가 과하지 않고 딱 좋을 정도의 미묘한 단맛도 먹는 사람으로 하여금 한층 기분 좋게 만듭니다. 내일 먹으려고 반 정도 남겨두었지만 머릿속에는 식빵 생각이 가득해서 다른 일에 집중을 할 수가 없군요... 딱히 뭘 발라 먹지 않아도 너무 맛있는 빵입니다. (물론 발라 먹으면 더 맛있겠죠.)

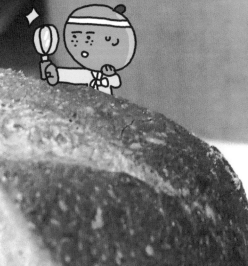

5

앙버터
ANG BUTTER

아이스 아메리카노라는 것입니다.

선비님도 참... 먹물이라니

날씨가 매우 덥구먼요.

오늘 같은 날에는 시원한 그 무엇이냐?

아! 그래그래. 아이수 아마리가노.

머쓱

깜장 먹물 같은 그...

한 사발 해야겠구먼...

COFFEE

응?

점보 사이즈

아이스 아메리카노

아이, 시원해~

이 정도로 큰 사발에 먹다니...
이렇게 큰 걸 어떻게 먹는단 말이냐!

허허, 한 사발 더!!!

여름엔 더워서 이렇게도
먹는다고 합니다.

아니 그래도
어떻게..

저렇게
큰걸

그런데 이 빵은 참
특이하게 생겼구나.

버터를 저렇게 큼직하게
썰어놓다니

네 맞습니다요.
앙버터라는 빵입니다.

앙(팥)버터

마치 잘 만든 두부 한 모 같구먼.

갑자기 두부
먹고 싶다.

앙버터! 이름이 참 앙칼지구나!

하   하

버터 위에 있는 재료는
팥이 아니더냐?

앙! 빵을 앙! 버터도 앙!

귀염   귀염

아아닛!

그리고 미끄덩한 버거의 식감과
대비되는 팥의 진득함!

겨울날 스키...
아니 쌀가마니로
눈썰매를 타듯 부드럽게
미끄러지는 버거의 질감!

끼아낫!

그리고 가장 중요한 건!

스...키?
선비의 상태가...

산뜩

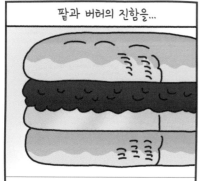

안 먹는다곤
안 했는데...

앙버터

앙버터는 주 재료인 팥 앙금의 일본어 '앙'과 버터의 이름을 따서 지어진 이름입니다.

팥 앙금   버터

앙버터는 굉장히 느끼해 보이는 빵이어서 처음 접하는 분들은 부담스럽다고 생각하실 수 있습니다. 하지만 알고 보면 달달하면서 담백한 통팥 앙금에 고소한 버터 맛이 섞여 매력적인 맛을 내는 빵이랍니다.

'앙'이라는 글자에서 알 수 있듯이 일본과 관련 있는 빵입니다. 앙버터의 조상인 팥빵은 1800년대 일본 '키무라야'라는 빵집에서 만들어졌습니다.

당시 일본인들의 전통 간식에는 주로 팥이 들어갔는데요. 서양으로부터 빵이 유입되었지만 딱딱한 빵이 주를 이루고 있어, 일본인들의 입맛에는 맞지 않았다고 합니다. 그래서 딱딱한 빵 대신 부드러운 빵을 만들어 자주 먹는 팥을 넣고 간식으로 즐겨먹었다고 합니다.

그리고 한 인터뷰에 따르면 현재 키무라야의 ceo는 팥에 익숙하지 않은 서양 사람들을 위해 과거와는 반대로 서양식 빵에 팥과 버터를 넣은 앙버터를 개발하였다고 합니다. 어디서 앙버터가 만들어졌는지는 정확히 알려진 바가 없습니다만 팥빵을 먼저 만든 '키무라야'에서 만들었다는 설이 유명합니다.

앙버터는 아니지만 비슷한 빵이 하나 더 있습니다. 그건 바로 나고야 지방의 오구라 토스트인데요.

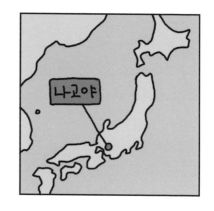

나고야의 찻집에서 쉽게 볼 수 있는 두껍게 자른 식빵에 마가린이나 버터를 바르고 그 위에 팥을 토핑한 빵입니다. 토스트의 고소함과 버터의 풍미, 그리고 달콤한 팥이 앙버터와 비슷합니다.

오구라 토스트의 유래가 재미있습니다. 나고야 찻집에서 버터 토스트를 제공하고 있었는데 학생들이 이걸 일본식 단팥죽인 젠자이에 찍어 먹는 걸 사장님이 보고 고안한 게 오구라 토스트라고 합니다.

다시 앙버터로 돌아가서...

한국에서 앙버터 빵은 원래 굉장히 생소한 빵이었습니다. 그런데 몇 년 전 갑자기 유행하기 시작했고 지금은 굉장히 대중화 되어 사랑받는 빵이 되었죠. 원래는 바게트나 치아바타 빵을 주로 사용했지만 현재는 깜빠뉴, 프레첼, 페이스트, 샌드, 쿠기, 마카롱 등등 다양한 종류의 앙버터들이 나오고 있습니다.

저 빵선비가 좋아하는 앙버터 먹는 방법은 따로 있는데요, 앙버터에 잼을 살짝 발라먹는 것입니다. 앙버터의 단팥과 버터의 조합은 완벽하지만 먹다 보면 살짝 물리는 느낌이 들기도합니다. 아무래도 버터의 느끼함이 점점 강해지기 때문이겠죠? 그럴 땐 새콤달콤한 잼을 쓰윽 발라주면 새로운 맛으로 변신!

아오이토리

빵선비가 뽑은
앙버터
★★★

🧍 서울특별시 마포구 와우산로29길 8 K.C빌딩

📞 02-333-0421

🕐 매일 09:00~21:00 / 1월 1일, 명절 당일 휴무

일본 제빵사 출신, 한국 회사에 스카우트되어 일한 경험을 바탕으로 2014년 오픈한 '코바야시 스스무' 셰프의 빵집입니다. 일본의 다양한 밀가루로 만든 빵을 한국에서 유통되는 식자재로 최대한 비슷한 맛을 내 만들고 있습니다. 지역 주민이 애용하는 편안한 동네 빵집 같은 느낌이 드는 곳입니다.

빵의 종류가 생각보다 많은데 보통 빵집에서 쉽게 볼 수 없는 야끼소바 빵, 새우 가츠 버거, 말차 멜론 빵 등 특색 있고 맛있는 빵들이 많습니다.

144
빵선비와 팥쇠 : 서울빵집들

한국말로 하면 '파랑새' 라는 뜻의 베이커리

먹기 좋은 크기로 정갈하게 썰어 주신 앙버터.
딱 봐도 고운 팥 앙금과 앙버터 치고 많은 양은 아닌 버터가 보입니다.
(불행인가 다행인가...)

앙버터의 버터는 맛과 관상용일 뿐 절대 칼로리에 반영되지 않는다는 앙버터의 법칙을 마음에 새기고 한입 먹어 보도록 합니다. (숙연)

앙버터의 팥앙금 스타일은 두 가지로, 팥알이 잘 씹혀 식감을 살린 앙버터와 곱게 만들어 부드럽게 넘어가는 앙버터로 나눕니다. 아오이토리의 팥앙금은 한눈에 봐도 입자가 잘 안 보일 정도로 곱고 부드러운 타입입니다.

뭔가 걸리는 느낌 없이 팥앙금이 빵과 버터와 사르르 합쳐지는 느낌이 좋습니다.
달콤하고 부드럽고 진한 팥맛이 입안에 퍼지며, 버터는 적절하게 감칠맛만 돋우고 사라집니다.
팥앙금과 버터는 부드럽지만 바게트 껍질이 너무 딱딱해 이가 아픈 앙버터도 있는 반면, 아오이토리의 바게트 껍질은 너무 딱딱하지 않고 바삭 거리며 입에 넣었을 때 적당히 부서집니다.

그리고 어떠한 기운에 이끌려 다시 빵 진열대로 가게 됩니다. 다른 맛있는 빵들의 유혹을 뿌리치고 팥빵을 집었습니다. 앙버터의 팥이 이렇게 맛있는데 팥빵은 어떨까 하는 순수한 학구적인 궁금증에 사로잡혔던 것 같아요. 제가 먹고 싶어서 가져온 게 아닌 오로지 팥에 대한 학구열 때문입니다.

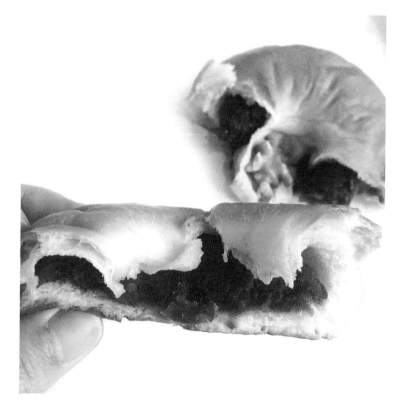

예전의 팥빵은 보통 우유나 커피 없이는 먹기 힘든, 퍽퍽함과 목 막힘의 대명사였죠. 하지만 아오이토리의 팥빵은 막힘이 없습니다. 빵도 촉촉, 팥도 촉촉, 촉촉파티를 열고 있어서 물 한 모금 안 먹고도 부드럽게 꿀떡꿀떡 먹을 수 있는 빵입니다.

앙버터와 다르게 부드러우면서도 식감이 있는 팥이 있는, 마치 세련된 팥빵 같달까요? 아오이토리의 팥 맛과 향 자체가 좋은 것 같습니다.

브레드05 in 어니언(성수점)

빵선비가 뽑은
앙버터
★ ★ ★

👤 서울특별시 성동구 아차산로9길 8
📞 02-1644-1941
🕐 평일 08:00~22:00 / 주말 10:00~22:00

'브레드05'라는 이름은 총 5가지 천연 발효종으로 빵을 만든다는 뜻이 담겨있습니다. 낮은 온도에서 천천히 발효하는 저온 숙성 방식을 고집해 시간은 좀 걸리지만 밀가루가 가지고 있는 안 좋은 요소들을 줄여 건강한 빵을 만드는 빵집입니다. 처음으로 한국에서 앙버터를 선보인 빵집이기도 합니다.

'어니언'은 폐공장을 재활용해 만든, 마치 뉴욕 브루클린의 어느 카페에 와있는 것 같은 느낌을 줍니다. 공간이 주는 느낌, 브레드05의 빵, 커피 원두 하나하나 신경 쓴 어니언의 커피, 이 3가지가 원래 그랬던 것 마냥 자연스럽고 조화롭게 스며드는 공간입니다.

눈으로만 보면 너무 딱딱하게 생겨 바게트 같기도 하지만 사실은 잘 구워진 치아바타입니다. 껍질과 속살까지 잘 바삭바삭 잘 구워져있어 입안에서 바로 부서지는 느낌이 좋습니다.

일반적인 치아바타보다 반죽에 공기가 많이 들어가 공기구멍이 커 보입니다.
그런데 이 공기구멍들이 바삭바삭 구워져 씹을 때 식감이 가벼우면서도 진한
치아바타의 향이 나는 게 매우 매력적입니다.

팥 질감이 제대로 꾸덕꾸덕하면서도 부드러운 수제 팥앙금과 앵커 버터가 들
어가 건강하면서 맛있는 맛이 납니다.

스콘 앙버터도 있어서 구입해 보았습니다.

입안 가득 꽉 차게 씹히면서 담백한 스콘과 앙버터의 조합도 맛있습니다. 그런데 스콘이 잘게 부서져 깔끔하게 먹기에는 무리가 있습니다. 포장한 다음 집에서 와구와구 흘리면서 편하게 드시는 걸 추천합니다.

6

치아바타

CIABATTA

그렇다면 저는 빼주십시오...

슬금
슬금

!!!

흐음...

정말... 가셔야 합니까?

사내자식이 용기가 없어 어쩌려고 하느냐!

에잇! 혼자 가련다!

휙

아무리 생각해도.. 꼭 가야 할 운명이니라...

근엄

진지

브런치 카페

빵선비와 팥쇠 : 서울빵집들

뭐... 덕분에 얼떨결에 들어왔으니 용서하도록 하마...

좋으시면서...

우아 아앗!

음식 나왔습니다.

근데 그냥 샌드위치 아닌가요?

맞아, 이탈리아의 샌드위치, 파니니야. 재료는 비슷하지만 이탈리아 빵을 쓴다는 게 특징이지.

짠!

그중에서도 이탈리아의 대표 빵인,
치아바타 빵으로 만든 파니니!

치아바타

정말 말랑말랑 쫀득쫀득하네요.

오물 오물

치아바타 빵?

마! 치아라!

그렇지? 그 치아바타 빵만 먹어도
맛있단다.

흐음, 아무 맛
안 날 것 같은데요?

바게트나 식빵과 다르게
말랑 쫀득한 그 느낌이 매력이지!

바게트 / 식빵 / 치아바타

겉은 바삭
속은 부드럽다 / 전체적으로
부드럽다 / 겉은 폭신
속은 말랑 쫀득

저기 혹시 치아바타 빵만
따로 주문할 수 있을까요?

네네, 드릴게요~

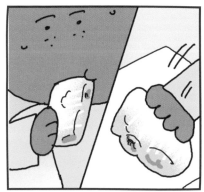

자극적인 맛은 아니어서
먹을 때는 좀 심심한데,
묘하게 계속 먹게 되는
맛인데요?

절 이렇게 빠지게 만드시다니,
준비는 되셨겠죠?

허허, 그게 치아바타의
매력이란다.

나도
좀 줘...

휙!

으아아! 치아바타의 기운이
흐른다!!

치
아
아

아

아

다음 코스는 치아바타 빵집으로
가야겠군요...

금
사
빠

몰라 무서워 그런 거...

치아바타

생소한 이름인 것 같지만 누구나 한 번쯤은 자신도 모르게 먹어 본 치아바타, 빵집뿐 아니라 음식점에서 요리와 함께 나오는 경우가 많은데요. 그만큼 여러 맛을 포용할 수 있다는 뜻이겠죠? 팔방미인 치아바타에 대해 알아봅시다.

1980년대 초반 바게트 빵이 수입되면서 이탈리아 사람들은 바게트의 매력에 흠뻑 빠지게 됩니다.

그런데 바게트 빵의 인기가 생각보다 파급력이 강해, 이탈리아 지역 제빵 산업에 타격을 입힐 정도가 되었습니다. 제빵사들은 바게트에 견줄 새로운 빵을 만들어야겠다고 생각했지요.

그러던 중, '아르날도 카발라리'라는 아저씨가 등장합니다.

그는 바게트를 뛰어넘는 이탈리아의 샌드위치 빵을 만들자는 목표를 세웠고 그것을 이루기 위해 열심히 개발에 매진했습니다. 1982년, 드디어 치아바타를 만들게 되었고 1990년에는 '치아바타 이탈리아'라는 특허권까지 등록합니다.

치아바타는 이태리어로 '슬리퍼'라는 뜻인데요, 길고 납작한 모양 때문입니다.

재료가 매우 단순한 빵에 속하며 밀가루, 효모, 물, 소금이 필요합니다. 기본 재료는 바게트와 유사하지만 반죽을 발효시키는 시간과 방법에서 치아바타가 훨씬 오래 걸립니다. 발효 시간이 길수록 질량이 가볍고, 소화가 잘 되며, 향이 좋고, 오래 보관할 수 있는 치아바타가 만들어집니다.

치아바타의 껍질은 바게트와 같은 딱딱한 크러스트 느낌보다는 잘 구워져 노릇노릇 한 질감입니다. 속살은 구멍이 숭숭 뚫려있어 부드럽고 쫄깃한 게 특징입니다. 이 뚫려 있는 구멍 때문에 흡수력이 좋아 올리브유나 스튜와 같은 국물 요리를 찍어 먹는 것도 잘 어울립니다. 치아바타는 살짝 바삭하게 구워 먹어도 맛있는 빵입니다.

이탈리아엔 치아바타와 사촌 격인 또 다른 빵이 있습니다. 바로 '포카치아'라는 빵인데요. 치아바타와 포카치아는 만드는 재료와 배합이 비슷할 뿐만 아니라 속살에 구멍이 숭숭 뚫려 있다는 공통점이 있습니다.

치아바타 아띠

브레드랩

빵선비가 뽑은
치아바타
★ ★ ★

📍 서울특별시 마포구 동교로 267
📞 02-337-0501
🕐 매일 10:00~22:00

건물의 2층입니다.

빵집의 위치가 특이합니다. 단독 주택 건물의 2층에 자리 잡고 있어 그냥 지나치기 쉽습니다. 잘 보이는 가게는 아니지만 주변 경관에 그대로 녹아들어 조화로움이 돋보입니다. 브레드랩은 매일 새벽, 방부제, 개량제, 유화제 등 화학 첨가물을 넣지 않은 건강한 반죽으로 빵을 굽습니다. 브레드랩의 빵은 식사의 의미도 지니고 있는데요, 조금 투박해도 건강하게 먹을 수 있는 빵을 추구한다고 합니다. 빵이 식사라는 말은 진열대에 있는 빵을 보면 느껴지는데, 빵들이 하나하나 건강해 보이면서 먹음직스럽습니다.

기본 치아바타와 할라피뇨 치즈, 피자 치아바타를 선택!

바삭바삭함이 느껴지는 표면

먼저 기본 치아바타부터 먹어봐야겠죠? 보통 치아바타는 수프에 찍어 먹거나 식전 빵, 샌드위치 등으로 활용되어 빵을 좋아하는 분이라면 많이들 드셔보셨을 거예요. 그래서 기본 치아바타가 어떤 맛인지 아실 거라고 생각합니다. 빵의 밀 맛이 잘 느껴지고 고소하면서 부드럽죠.

브레드랩의 치아바타는 빵 안쪽까지 살짝 구워진 느낌인데요. 구운 정도가 절묘하여 빵을 씹었을 때 전체적인 식감은 부드럽지만 빵 안의 구멍 표면들이 미세하게 바삭바삭합니다. 부드럽다가 바삭바삭하는 마성의 반복에 빠지게 됩니다. 맛은 고소하고 담백하며, 씹으면 씹을수록 좋은 원재료의 깊은 맛이 느껴집니다. 이 빵을 먹은 게 오늘 가장 잘한 일이라는 생각이 들 정도네요. 언뜻 보기에는 이 치아바타가 크기도 크고 토핑이 하나도 없는 데다가 무겁게 보여서 이걸 다 먹을 수 있으려나 생각하시겠지만, 생각보다 더 가볍게 꿀떡꿀떡 먹을 수 있었고 오히려 더 먹고 싶었어요. 입안에 빵의 향이 계속 맴도는 것도 좋았고요.

다음은 할라피뇨 치즈 치아바타입니다. 원래 빵도 맛있는데, 할라피뇨랑 치즈라뇨, 반칙 아닌가요? 치즈가 토실토실하게 보이는 게 이미 백 점입니다. 살짝 매콤한 할라피뇨 때문에 입안이 매울 때 고소한 치즈가 차분히 진정시켜 주는 팀워크 플레이가 대단하군요. 치즈는 한두 번 탱글 한 감촉을 주고 입안에서 녹아버린 뒤, 바삭하고 고소한 치아바타의 식감으로 마무리! 치즈, 할라피뇨, 치아바타, 이 생소한 듯하면서 너무 잘 어울리는 조합은 도대체 어디서 왔을까요?

빵에 여러 가지 음식 재료가 많이 들어가면 빵의 느낌이 사라지고 요리 같다는 느낌이 들 때가 있는데요. 이 빵은 재료의 균형이 완벽하여 빵의 느낌도 충만하고 재료들도 부족하다거나 과하지 않게 적절히 빵을 도와주는 것 같습니다.

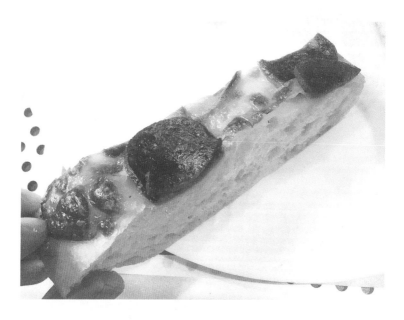

이번엔 피자 치아바타입니다. 페퍼로니 얹은 피자 차아바타는 어떤 맛일까요? 아주 살짝 매콤하고 짭짤한 페퍼로니가 치아바타 위에 살포시 구워진 고소한 치즈를 덮고 있습니다. 이건 생김새만 봐도 얼마나 맛있는지 알 수 있습니다. 평소에 페퍼로니 피자를 좋아하신다고요? 그럼 피자 차이바타는 선택이 아닌 필수입니다. 이건 강요입니다.

브레드랩의 치아바라는 식감과 맛도 좋지만 입에 넣자마자 건강한 빵이라는 걸 알 수 있어요.

더벨로

👤 서울특별시 서초구 마방로4길 28
📞 070-4226-3976
🕐 평일 09:00~20:00 / 일요일, 공휴일 휴무

우리 밀을 최대한 활용해 최소 8시간에서 최대 20시간까지 발효와 숙성을 거칩니다. 우리 밀의 우수성을 알리기 위해 까다로운 과정을 거쳐 빵을 만드는 빵집입니다. 그래서인지 빵을 먹으면 빵과 밥의 중간 느낌이 들면서 속이 더부룩하지 않은 느낌이 듭니다. 빵집에 들어서면 가게라기보다는 빵 만드는 곳이 큰 비중을 차지하는 신기한 풍경을 만날 수 있는 빵집입니다.

몸에도 좋고 맛도 좋을 것 같은 빵들이 소규모로 진열되어 있습니다.

오히려 제빵실이 매장보다 훨씬 더 큽니다. 이 풍경이 낯설지만
그만큼 신경 써서 정성 들여 빵을 만든다는 좋은 느낌을 받았습니다.

더벨로는 메밀로 만든 치아바타가 유명합니다.
평창에서 수확한 흑메밀을 넣어 20시간 발효를 거친다고 합니다.

입에 넣자마자 고소한 메밀 향이 입안을 감돕니다. 빵의 맛에 방해되지 않는, 과하지 않은 정도의 메밀 향입니다.

내부의 식감이 매우 쫀득해서 빵이지만 떡의 느낌도 조금 나네요. 첫 맛은 보통의 치아바타 맛과 달라 긴가민가한 느낌이 들지만 먹으면 먹을수록 자꾸 끌리는 미묘한 맛에 어느새 다 먹어버린 제 자신을 발견했습니다. 빵의 느낌과 밥의 느낌을 모두 갖춘 신기한 빵입니다.

제 개인적인 생각으로는 치아바타를 좋아하거나 여러 번 드셔보신 분들, 또는 자극적이지 않으면서 빵 자체의 맛을 좋아하시는 분들이 드시면 좋을 것 같습니다. 은근한 메밀 향에 떡 같은 쫀득한 식감, 밥으로 먹어도 전혀 이상할 것 같지 않아요. 구매하셔서 다음날 아침에 간단한 식사로 공복에 먹어도 부담 없이 먹을 수 있는 빵입니다.

ㄱ

타르트

TARTE

아, 사람들이 각자 하고 싶은 말과
사진을 올리는 곳이오?

맞다 맞아.

선비님 뭘 그렇게 열심히 보시나요?

그중에서도 이 '빵언니'라는
에센에수를 즐겨보는데 말이다.

빵언니?

PPang_Eonni

792
게시물

10.
팔로

'에센에수'라는 건데...
이거 좀 봐보려무나.

예쁘장한 빵 사진을 올리고
정보를 공유하는
아주 유익한 곳이구나.

빵선비!!?

나도 빵언니처럼 되고 싶달까...

꿈이 너무 크시네요.

선비님도 sns 하세요?

그래서 첫 게시물을 어떤 빵으로 할까 생각했는데 말이다.

진지하구나...

.....으음

수줍 수줍

역시 예쁘장하게 생긴 빵이 좋을 것 같구나.

191
7. TARTE

타르트

타르트는 파이 모양의 디저트로, 밀가루, 유지
(버터, 마가린), 물 등으로 만든 도우 위에 내용물
을 올려 먹습니다.

타르트의 도우는 빵이라기보다는 바삭바삭 과
자 같은 느낌이 강한 스타일과, 바스락거리는
질감의 페이스트리 스타일이 가장 많습니다.
그래서 내용물은 부드러운 식감의 조린 과일,
생과일 또는 크림 등이 많죠. 그래야 부드러운
재료들과 바삭한 도우의 대조가 잘 어우러지기
때문입니다.

타르트의 가장 큰 특징은 내용물을 한눈에 알
아보기 쉽게 만들기 때문에 전체적으로 봤을 때
굉장히 화려하고 보기만 해도 기분이 좋아진다
는 점입니다.

타르트의 시작은 꽤 오랜 시간을 거슬러 올라갑니다. 고대 로마시대 사람들은 잼이나 크림같이 부드러운 상태로 되어 있는 음식을 그냥 먹는 것에 어려움을 느꼈는데요.

그래서 어떻게 하면 이런 재료를 깔끔하고 편하게 먹을 수 있을까 고민한 결과, 반죽으로 틀을 만들어 그 안에 담아 먹는 방법을 생각해냈습니다. 여기서 반죽의 종류에 따라 두 갈래로 나뉘는데요, 비스킷으로 틀을 만든 과자는 현재의 타르트로, 스펀지 생지로 틀을 만들고 크림과 잼을 올린 빵은 토르테, 즉 현재의 케이크로 발전하게 됩니다.

타르트 가게 진열대 앞에 서면 화려한 모습에 정신을 잃게 되는 경우가 허다한데요. 형형색색 여러 가지 종류의 타르트들이 우리를 기다리고 있기 때문입니다. 타르트는 올리는 재료에 따라 여러 가지로 변형이 가능해서 그 종류가 정말 다양합니다. 다양한 타르트 속에서도 단연코 제일 먼저 생각나는 건, 에그타르트 아닐까요?

엇? 에그타르트도 타르트 종류 중에 하나였지!

그럼 뭐 줄 아셨어요.

에그타르트는 놀랍게도 전혀 예상치 못한 곳에서 태어났는데요.
바로 포르투갈 리스본의 '제로니무스' 수녀원에서
탄생했습니다.

그 당시 수녀들은 수녀복에 풀을 먹여 빳빳함을 유지했습니다. 그런데 그 풀의 재료가 바로 달걀 흰자였던 것이죠. 그래서 엄청난 양의 흰자가 필요했고 그만큼 노른자는 낭비되기 일쑤였습니다.

그렇게 남은 노른자를 어떻게 해야 할지 고민하다가 페이스트리를 만들기 시작한 것이 에그타르트의 탄생입니다.

1834년 수녀원이 문을 닫게 되면서 원래 소량으로 밖으로 판매되던 에그타르트가 세상에 공개 되게 되었는데요. 수녀원만의 제조 비법을 한 업체가 사게 되었고 1837년 '파스테이스 데 벨렘'이라는 에그타르트 집을 열게 됩니다. 현재 벨렘 빵집은 5대째 대물림되어 아직도 원조 에그타르트를 맛보려는 사람들로 붐비고 하루 평균 2만 개의 에그타르트가 판매된다고 하네요.

타르트
백정

라 본느 타르트

🧑 서울특별시 서대문구 성산로 543
📞 02-393-1117
🕐 평일 09:00~21:00 / 토요일 9:00~19:00 / 일요일 휴무

라 본느 타르트는 2004년부터 현재 2020년까지 16년 동안 맛있는 타르트와 베이커리를 만들고 있습니다. 이대 후문 타르트 집으로 유명하답니다.

지금이야 유기농이 대중화되었지만 2000년 초반에는 유기농이라는 것이 다소 생소했는데요. 라 본느 타르트는 그때부터 지금까지 100% 우리 밀, 유정란, 퓨어 버터, 설탕 대신 조청을 사용하고 친환경 농산물과 과일을 사용하여 맛있는 빵을 만들고 있습니다.

안쪽에는 편안하게
먹을 수 있는 넓은
테이블이 있습니다.
여러 종류의 타르트, 마카롱,
케이크 등이 있습니다.

빵집 내부 분위기로부터 기품과 연륜이 느껴집니다.

빵선비가 고른 타르트. 왼쪽부터 자몽, 딸기 치즈, 초코.

과일이 들어간 디저트는 과일을 데커레이션 용으로 적당하게 쓰는 것에서 끝나기보다는 과일 자체의 맛과 신선도가 중요하다고 생각합니다. 그런 면에서 라 본느 타르트의 딸기는 훌륭합니다. 마치 과일 가게에서 사 와서 바로 먹는 느낌이랄까요? 굉장히 신선하고 심플한 그냥 딸기예요. 어떤 첨가된 맛 없이 무덤덤하게 올라가 있는 딸기가 약간 심심할 수도 있지만 그랬기 때문에 더 좋은, 그 정도로 좋은 딸기라는 뜻이라는 건 먹어보면 알 수 있습니다. 치즈는 딸기와 먹었을 때 강하지도 덜하지도 않은 딸기의 맛과 잘 어울리는 맛과 식감입니다.

이번엔 자몽 타르트입니다. 딸기와 마찬가지로 자몽이 신선하고 맛있습니다. 자몽의 상큼함, 쌉쌀함, 신맛이 제대로입니다. 타르트의 내용물은 조금 생소한데, 자몽 잼의 맛과 식감에 살짝 앙금의 느낌이 합쳐진 것 같습니다. 한 번에 알 수 없는 묘한 맛이어서 먹다 보면 한 입 두 입 어느새 사라지는 타르트를 발견하실 수 있습니다. 요약하자면 잼 같은 식감과, 자몽의 상큼하면서 쌉쌀한 맛이 앙금의 달달한 맛과 만났다고 할 수 있겠습니다.

무슨 맛인지 딱 잡아 말할 수 없게 묘하지만 매력 있어. 나처럼...

...

초콜릿 좋아하시는 분들은 사진의 단면만 봐도 느낌이 오지 않나요? 단맛만 강한 저렴한 초콜릿이 아니라 단맛, 쓴맛, 새콤한 맛 등 풍부한 맛이 느껴지는 고급스러운 초코 무스입니다.

초코가 건강에 좋지는 않지만... (쿨럭) 먹었을 때 양심의 가책이 조금 덜한 맛이랄까요.

라 본느 타르트는 신기하고 자극적인 맛보다는 재료 하나하나 정성 들인 것이 느껴져 그로 인해 기분 좋게 누구나 맛있게 먹을 수 있는 타르트입니다.

키 베이커리

- 🙎 서울특별시 성동구 성수일로 11-2
- 📞 02-823-9360
- 🕐 매일 09:30~19:30 / 일요일 휴무

일본에서 제과 기술을 배우고 32년의 경력을 가진 조병국 셰프님이 운영하시는 베이커리입니다. TV 프로그램 〈생활의 달인〉에도 치즈 타르트 장인으로 출연하셨습니다. 치즈 타르트가 유명하지만 앙금 빵도 그에 못지않게 유명한 빵집입니다.

크게 '빵'이라고 쓰여 있는 간판이 재밌습니다.

반짝반짝 빛나고 있는 오늘의 주인공 '치즈 타르트'

색깔부터 범상치 않습니다. TV 프로그램 〈생활의 달인〉을 보신 분들이라면 알겠지만 이 조그마한 치즈 타르트에 엄청난 정성이 들어갑니다.

국화 물, 옥수숫가루, 개암, 푸주, 감자, 코코넛, 감자, 애호박 등 치즈 타르트 재료라고는 상상도 할 수 없는 다양한 재료가 들어갑니다. 먹어보시면 여러 가지 재료가 어우러져 만든 깊은 조화에 웃음이 나올 거예요.

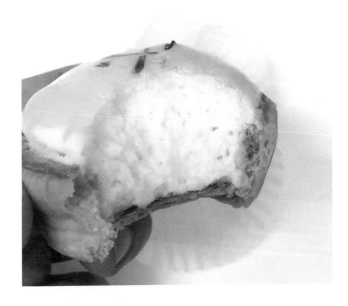

입에 넣자마자 사라진다는 표현이 이런 걸까요?

안쪽을 보면 공기구멍이 송송 뚫려 있어서 씹자마자 부드럽게 사라집니다. 크림치즈와 커스터드를 비밀의 비율로 배합하고 여기에 살구도 넣었다고 합니다. 크림 같기도 하면서 치즈의 포슬포슬한 질감이 매력적입니다. 거기에 너무 진하지도 않고 싱겁지도 않게 딱 좋은 치즈의 맛과 그 맛을 방해하지 않는 절묘한 단맛이 놀랍습니다.

8

수플레
SOUFFLE

그 결과!!!

왜 그러세요, 선비님?

옷이 터질 것 같아...

아동복 아닌가요?

둥기 둥기

빵을 열심히 먹었더니
살이 너무 쪄 버렸구나...

정말 살 때문에 심히 걱정이네.

냉큼

어머, 죄송해요!
저희 강아지가 좋아하면
핥는 버릇이 있어서요.

괜찮습니다.

끼야야야야앗!

그런데 강아지라고라??

좀 내려
오세줌

이 구름 같은 생명체는 무엇이냐!!

글쎄요. 이건 저도 처음 보는데요.

비숑이라는 강아지예요.

아하... 귀여운 솜같이 생겼네요.

빤히

빵선비와 팥쇠 : 서울빵집들

언제 나와...

시간이 좀 걸리네요.

만드는데
좀 오래 걸리는 빵이야.
원래 배고플수록 더 맛있는 법!

배고파...

벌떡

수플레 팬케이크
나왔습니다.

우물 우물

...

베이

오, 정말 몇 번 씹으니까 바로 없어졌어요. 살살 녹네요.

해맑

뭔가 익숙한 장면이...

ㄹ0분 걸려서 나온 건데...

발떡

수플레

종종 몸에 힘이 없고, 기운이 없어 축축 처질 때가 있습니다. 운동 부족이니 이럴 땐 밖에 나가서 가벼운 산책이라도 하라고요? 글쎄요...

그럴 땐 우아한 귀족처럼 식사하러 깔끔하고 고급스러운 레스토랑에 가는 것이 더 맞을 지도 모르겠습니다. (빵선비 피셜) 이런 현대식 레스토랑과 수플레랑 무슨 관계가 있냐고요? 후훗...

현대식 레스토랑의 시초는 역시나 미식의 나라 프랑스에서 시작합니다. 몇 가지 유래가 있지만 그중에 하나가 1783년 '앙투안 보빌리에르'라는 요리사가 만든 '그랑드 타베른 드 롱드르 (Grande Taverne de Londres)' 레스토랑이 시초라는 견해입니다. 그리고 수플레가 대중들에게 판매된 것이 바로 이 레스토랑에서부터 였다는 이야기가 있습니다.

수플레를 처음 만든 사람은 '빈센트 라 샤펠'이라는 요리사였습니다. 무려 보빌리에르가 레스토랑을 열기 41년 전인 1742년에 수플레를 만들었다고 하네요. 빈센트 라 샤펠은 영국의 귀족 요리에 큰 영향을 끼친 요리사였습니다. 그가 초기에 만든 수플레는 달콤하고 짭짤한 맛이었는데 설탕에 절인 레몬 껍질과 송아지 콩팥이 들어갔다고 합니다.

그리고 1820년대 나폴레옹, 알렉산드로 등 유럽 왕실과 지도자들을 위해 일한 요리사였고 우리가 지금 알고 있는 프랑스 고전 요리의 형식을 만든 '앙토넹 카렘'이 수백 가지의 수플레 레시피를 만들면서 지금의 수플레들이 탄생하게 됩니다.

수플레는 프랑스어로 '불룩해진', '숨을 불어넣은' 등의 의미를 가집니다. 계란 흰자로 만든 부드러운 머랭과 다양한 재료를 반죽에 넣고 오븐에서 가열해 부풀린 프랑스 요리입니다.

머랭에 포함된 공기가 오븐 속에서 열을 받아 팽창하기 때문에 부풀어 오른 모양이라고 합니다. 오븐에서 꺼낸 후부터는 어느 정도 가라앉게 됩니다.

보통 초콜릿, 커피, 치즈를 반죽에 넣어 맛을 내고, 고기나 생선을 넣기도 합니다. 부드럽고 말랑말랑한, 거부할 수 없는 매력을 가진 수플레는 한입 먹으면 입에서 구름처럼 사르르 사라지는 질감이 가장 큰 특징입니다. 전통적인 수플레는 라메킨이라는 틀을 이용해 만들어 용기 위에 풍선처럼 부푼 모양입니다.

요즘엔 라메킨에 담은 수플레보다는 수플레 팬케이크를 판매하는 곳이 많은 편입니다. 여러 가지 과일이나 다양한 소스를 부어 먹기 편하기 때문이 아닐까 싶네요. 폭신함을 살리기 위해서 웬만하면 주문과 동시에 만듭니다. 때문에 시간이 많이 걸리고 손도 많이 가 가격이 조금 비싼 편입니다.

수플레
사물놀이꾼

빵선비가 뽑은
수플레
★ ★ ★

온화(성수점)

👤 서울특별시 성동구 아차산로 78
📞 02-461-0031
🕐 매일 11:00~23:00

프리미엄 수플레 팬케이크와 드립 커피 전문점으로 유명한 카페
온화입니다. 잠실점, 성수점에 이어 광주점까지 오픈하였습니다.
기본 재료인 계란, 버터, 밀가루를 까다로운 기준에 맞춰 고릅니다.
여러 번 겹겹이 만든 반죽, 조리 시 적절한 온도를 고수하여 만든
수플레 팬케이크는 고급스러우면서도 깔끔한 맛입니다.

회색 벽면에 여기저기 금색의 금속 포인트가 시선을 끄는데요, 이것 때문인지 마치 시간 여행으로 90년대 회사 로비에 앉아 있는 것 같은 느낌이 듭니다. 왠지 어색하기도 하고, 깔끔하니 어울리는 것 같기도 한 묘한 느낌입니다.

주문을 하자마자 만들기 때문에 빵이 나오려면 15~20분 정도 걸립니다.

플레인 수플레 팬케이크를 주문했습니다.

바나나와 메이플 시럽과 함께 나왔네요. 보기만 해도 말랑말랑, 만지지 않고 눈으로 보기만 해도 얼마나 부드러울지 느껴집니다. 빵을 덮고 있는 크림조차도요.

식감은 말할 것도 없이 굉장히 부드럽습니다. 포크와 나이프가 제공되지만 나이프는 사용할 일이 없어요. 포크만으로도 부드럽게 잘립니다. 수플레 위에 크림이 올라가 있는데, 내가 먹고 있는 게 수플레인지 크림인지 헷갈릴 정도입니다. 사이즈는 어느 정도 있어 보이지만 입에 넣자마자 스르륵 녹아버리니 접시 위의 수플레도 어느새 사라져버렸습니다.

깔끔하고 고소한 계란의 향이 입안에서 퍼지는데요, 거기에다가 메이플 시럽까지 뿌려먹으니 은은하게 달달함이 감도네요. 중간에 바나나도 한 조각씩 먹으면서 몸에 좋은 식이섬유까지 섭취합니다. 온화의 수플레는 건강까지 챙겨주는 고마운 음식이네요. (설탕 코팅된 바나나라는 건 비밀!)

빵, 이름만 들어도 기분이 좋아지고 두근두근 설렌다고요? 당신도 저와 같은 빵돌이 빵순이시군요. 빵갑습니다.

한국인은 밥심이라는 말이 있죠. 저도 어쩌다 외국에 나가게 되면 이틀 만에 밥과 찌개, 국, 반찬을 찾는 사람이지만 그것과는 별개로 밥에서는 만족할 수 없는 빵만의 매력이 있다는 걸 여러분들은 공감하실 거라 생각합니다.

제가 생각하기에 빵의 유일한 단점은 밥처럼 식사로 먹으려면 많은 양을 먹어야 배가 부르다는 점입니다. 그래서 더 살이 찌는 느낌이지요. (그냥 제가 너무 많이 먹어서 그럴지도 모릅니다...)

아무튼 빵의 매력에 빠져 정신없이 먹다 보니, 남들보다 빵을 더 많이 좋아하고 더 많이 먹는다는 걸 깨달았습니다. 빵을 좋아한 나머지 직접 만드시는 분들도 계시지만 저는 단호하게 먹는 것 자체로 만족하는 파입니다. 왜냐하면 제가 요리를 하게 되면 귀한 식재료에게 미안함으로 끝나기 때문이죠.

그래서 요리 방법보다는 자연스럽게 빵의 기원이나 이야기에 관심이 생겼습니다. 물론 모르고 먹어도 빵은 항상 맛있지만 알고 먹었을 때 이상하게 더 맛있게 느껴지는 건 제 착각일까요?

그렇게 빵에 대해 알아가던 중 문득 든 생각은 '이곳저곳에서 수많이 먹어봤지만 정말 맛있는 빵을 만드는 곳을 가보고 싶다'라는 것이었고, 그렇게 빵선비의 여정을 시작하게 되었습니다.

물론 책에 나온 빵집 말고도 전국 방방곡곡에 맛있는 빵집은 많습니다. 책에 소개한 빵집은 그중에 제가 먹어보고 싶은 빵집을 선택한 것이지 순위로 정한 것은 아니라는 것을 알아주셨으면 합니다.

책을 쓰기 전에는 빵 자체의 순수한 맛보다는 자극적인 맛이 더해진 빵을 좋아했습니다. 하지만 여러 빵집을 다니면서 빵의 진정한 매력은 기본적인 원재료가 잘 표현되었을 때 느껴지는 깊은 맛이라는 것을 깨달았습니다. 이번 책을 작업하면서 빵의 본질을 다시 한번 생각해보게 되었고, 맛있는 빵을 만들기 위해 수많은 시간과 정성을 들이시는 분들에 대한 존경심이 생기기도 했습니다.

그리고 태어나서 빵을 이렇게 많이 먹어본 적도 없는 것 같군요. 마지막 빵을 먹었을 때는 '정말 이제 한동안 빵은 쳐다도 안 보겠구나'라고 생각했지만 다음날 또 빵을 먹는 제 모습을 발견하고는 웃음이 나왔습니다. 이래나 저래나 빵은 저에게 행복을 주는 존재인 것이 분명합니다.

이 책을 들고 있는, 빵을 좋아하는 독자분들도 책을 읽으면서 또는 책에 소개된 빵집에서 빵을 먹으면서 저와 같은 웃음을 지으셨으면 합니다.

BAKERY

CROISSANT
AU PISTOU

4 15

당신의 맛있는 빵 여행에 도움이

될 수 있기를 바라며…

빵선비와 팥쇠
서울빵집들

초판 1쇄 펴낸 날 ㅣ 2020년 6월 5일

지은이 ㅣ 나인완
펴낸이 ㅣ 홍정우
펴낸곳 ㅣ 브레인스토어

책임편집 ㅣ 이슬기
편집진행 ㅣ 양은지
디자인 ㅣ 이유정
마케팅 ㅣ 김에너벨리

주소 ㅣ (04035) 서울특별시 마포구 양화로 7안길 31(서교동, 1층)
전화 ㅣ (02)3275-2915~7
팩스 ㅣ (02)3275-2918
이메일 ㅣ brainstore@chol.com
블로그 ㅣ https://blog.naver.com/brain_store
페이스북 ㅣ https://www.facebook.com/brainstorebooks
인스타그램 ㅣ https://www.instagram.com/brainstore_publishing

등록 ㅣ 2007년 11월 30일(제313-2007-000238호)

© 브레인스토어, 나인완, 2020
ISBN 979-11-88073-51-1(03810)

이 도서의 국립중앙도서관 출판예정도서목록(CIP)은 서지정보유통지원시스템 홈페이지
(http://seoji.nl.go.kr)와 국가자료종합목록 구축시스템(http://kolis-net.nl.go.kr)에서 이용하
실 수 있습니다. (CIP제어번호 : CIP2020020373)